青いお空の底ふかく、
海の小石のそのように、
夜がくるまで沈んでる、
昼のお星は目にみえぬ。
見えぬけれどもあるんだよ、
見えぬものでもあるんだよ。

金子みすゞ
（大正12年５月３日撮影）

金子みすゞ童謡集

新装版

角川春樹事務所

金子みすゞ童謡集

目次

大漁

花の名まえ

小さなうたがい

わらい

本文イラスト・早川司寿乃

大漁

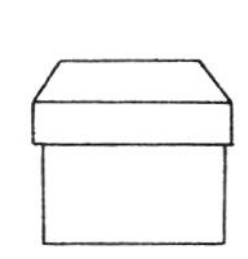

お魚

海の魚はかわいそう。

お米は人につくられる、
牛は牧場で飼われてる、
鯉もお池で麩を貰う。

けれども海のお魚は
なんにも世話にならないし
いたずら一つしないのに
こうして私に食べられる。

ほんとに魚はかわいそう。

大漁

朝焼小焼だ
大漁だ
大羽鰮の
大漁だ。

浜は祭りの
ようだけど
海のなかでは
何万の
鰮のとむらい
するだろう。

海とかもめ

海は青いとおもってた、
かもめは白いと思ってた。

だのに、今見る、この海も、
かもめの翅（はね）も、ねずみ色。

みな知ってるとおもってた、
だけどもそれはうそでした。

空は青いと知ってます、
雪は白いと知ってます。

みんな見てます、知ってます、
けれどもそれもうそかしら。

漁夫の小父さん

漁夫（りょうし）の小父（おじ）さん、その舟に、
私をのせて下さいな。

ほらほら、向うにみえている、
きれいな雲がむくむくと、
海から湧いてるところまで、
私と行って下さいな。

ひとつきりしきゃないけれど、
私のお人形あげましょう、
それから、金魚もあげましょう。

漁夫の小父さん、その舟に、
私をのせて下さいな。

浜の石

浜辺の石は玉のよう、
みんなまるくてすべっこい。

浜辺の石は飛び魚か、
投げればさっと波を切る。

浜辺の石は唄うたい、
波といちにち唄ってる。

ひとつびとつの浜の石、
みんなかわいい石だけど、

浜辺の石は偉い石、
皆（みんな）して海をかかえてる。

御本と海

ほかのどの子が持っていよ、
いろんな御本、このように。

ほかのどの子が知っていよ、
支那（シナ）や印度（インド）のおはなしを。

みんな御本をよまない子、
なにも知らない漁夫（りょうし）の子。

みんなはみんなで海へゆく、
私は私で本を読む、

大人がおひるねしてるころ。

みんなはいまごろ、あの海で、
波に乗ったり、もぐったり、
人魚のように、あそぶだろ。

人魚のくにの、おはなしを、
御本のなかで、みていたら、
海へゆきたくなっちゃった。

急に、行きたくなっちゃった。

舟乗と星

舟乗は星をみた、
星はいってた、
「おいでよ、おいで。」
波はずいぶん高かった。

舟乗の眼はかがやいた。
風もおそれず、波もみず、
星へへさきを向けていた。

舟乗は岸へついてた、
知らぬまに。
「星か、星か、」とおもってた。
星はやっぱり遠かった。

舟乗をにがしたと、
波はなおさら怒ってた。

港の夜

曇った晩だ。
ちいさい星がふるえふるえ
ひとつ。

さァむい晩だ。
船の灯りが映(うつ)ってゆれて
ふたつ。

さみしい晩だ。
海のお瞳(めめ)があおく光って
みっつ。

空と海

春の空はひかる、
絹のよにひかる、
なんでなんでひかる。
なかのお星が
透（す）くからよ。

春の海はひかる、
貝のよにひかる、
なんでなんでひかる。
なかに真珠が
あるからよ。

波

波は子供、
手つないで、笑って、
そろって来るよ。

波は消しゴム、
砂の上の文字を、
みんな消してゆくよ。

波は兵士、
沖から寄せて、一ぺんに、
どどんと鉄砲うつよ。

波は忘れんぼ、
きれいなきれいな貝がらを、
砂の上においてくよ。

漁夫(りょうし)の子の唄

私は海に出るだろう。
　いつか大きくなった日に、
そしてこんなに凪(なぎ)の日に、
浜の小石におくられて、
ひとりぼっちで、勇ましく。

私は島に着くだろう。
　ひどい暴風(あらし)に流されて、
七日(なぬか)七夜(ななや)の、夜あけがた、
いつも私のおもってる、
あの、あの、島のあの岸へ。

私は手紙を書くだろう。

ひとりで建てた小屋のなか、
ひとりで採（と）った赤い実を、
ひとり楽しく食べながら。
とおい日本のみなさま、と。
（そうだ、手紙を持ってゆく、
お鳩ものせて行かなけりゃ。）

そして私は待つだろう。
いつも、いじめてばかりいた、
町の子たちがみんなして、
私とあそびにやってくる、
あかいお船の見えるのを。

そうだ、私は待つだろう。
丁度こんなふうにねころんで、
青いお空と海を見て。

鯨法会

鯨法会（くじらほうえ）は春のくれ、
海に飛魚採れるころ。

浜のお寺で鳴る鐘が、
ゆれて水面（みのも）をわたるとき、

村の漁夫（りょうし）が羽織着て、
浜のお寺へいそぐとき、

沖で鯨の子がひとり、
その鳴る鐘をききながら、
死んだ父さま、母さまを、
こいし、こいしと泣いてます。
海のおもてを、鐘の音は、
海のどこまで、ひびくやら。

鯨捕り

海の鳴る夜は
冬の夜は、
栗を焼き焼き
聴きました。

むかし、むかしの鯨捕り、
ここのこの海、紫津（しず）が浦（うら）。

海は荒海、時季（とき）は冬、

風に狂うは雪の花、
雪と飛び交う銛の縄。

岩も礫もむらさきの、
常は水さえむらさきの、
岸さえ朱に染むという。

厚いどてらの重ね着で、
舟の舳に見て立って、
鯨弱ればたちまちに、
ぱっと脱ぎすて素っ裸、
さかまく波におどり込む、
むかし、むかしの漁夫たち――
きいてる胸も
おどります。

いまは鯨はもう寄らぬ、

浦は貧乏になりました。

海は鳴ります。
冬の夜を、
おはなしすむと、
気がつくと――

花の名まえ

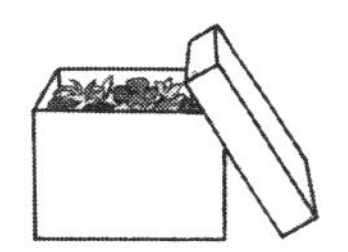

もくせい

もくせいのにおいが
庭いっぱい。

表の風が、
御門(ごもん)のとこで、
はいろか、やめよか、
相談してた。

土

こッつん　こッつん
打(ぶ)たれる土は
よい畠になって
よい麦生むよ。

朝から晩まで
踏(ふ)まれる土は
よい路になって
車を通すよ。

打たれぬ土は
踏まれぬ土は
要らない土か。

いえいえそれは
名のない草の
お宿をするよ。

つばな

つゥばな、つばな、
白い、白いつばな。

夕日の土手で、
つばなを抜けば、
ぬいちゃいやいや、
かぶりをふるよ。

つぅばな、つばな、
白い（しイろ）、白い（しイろ）つばな。

日ぐれの風に、
飛ばそよ、飛ばそ、
日ぐれの空の、
白い（しイろ）雲になァれ。

花の名まえ

御本のなかにゃ、たくさんの、
花の名まえがあるけれど、
私はその花知らないの。

町でみるのは、人、くるま、
海には舟と波ばかり。
いつも港はさみしいの。

花屋のかごに、おりおりは、
きれいな花をみるけれど、
私はその名を知らないの。

母さんにきいても、母さんも、
町にいるから、知らないの。
いつも私はさみしいの。

寝かせばねむる、人形も、
御本も、まりも、みなすてて、
いま、いま、私は、行きたいの。

ひろい田舎の野を駈(か)けて、
いろんな花の名を知って、
みんなお友だちになれるなら。

芝草

名は芝草（しばくさ）というけれど、
その名をよんだことはない。

それはほんとにつまらない、
みじかいくせに、そこら中、
みちの上まではみ出して、
力いっぱいりきんでも、
とても抜けない、つよい草。

げんげは紅（あか）い花が咲く、

すみれは葉までやさしいよ。
かんざし草はかんざしに、
京びななんかは笛になる。

けれどももしか原っぱが、
そんな草たちばかしなら、
あそびつかれたわたし等は、
どこへ腰かけ、どこへ寝よう。

青い、丈夫な、やわらかな、
たのしいねどこよ、芝草よ。

薔薇の根

はじめて咲いた薔薇(ばら)は
紅(あか)い大きな薔薇だ。
　土のなかで根が思う
「うれしいな、
　うれしいな。」

二年めにゃ、三つ、
紅い大きな薔薇だ。

土のなかで根がおもう
「また咲いた、
また咲いた。」

三年めにゃ、七つ、
紅い大きな薔薇だ。
土のなかで根がおもう
「はじめのは
なぜ咲かぬ。」

さくらの木

もしも、母さんが叱らなきゃ、
咲いたさくらのあの枝へ、
ちょいとのぼってみたいのよ。

一番目の枝までのぼったら、
町がかすみのなかにみえ、
お伽のくにのようでしょう。

三番目の枝に腰かけて、
お花のなかにつつまれりゃ、
私がお花の姫さまで、
ふしぎな灰でもふりまいて、
咲かせたような、気がしましょう。

もしも誰かがみつけなきゃ、
ちょいとのぼってみたいのよ。

げんげ

雲雀（ひばり）聴き聴き摘（つ）んでたら、
にぎり切れなくなりました。

持ってかえればしおれます、
しおれりゃ、誰かが捨てましょう。
きのうのように、芥箱（ごみばこ）へ。

私はかえるみちみちで、
花のないとこみつけては、
はらり、はらりと、撒（ま）きました。
――春のつかいのするように。

みそはぎ

ながれの岸のみそはぎは、
誰も知らない花でした。

ながれの水ははるばると、
とおくの海へゆきました。

大きな、大きな、大海で、
小さな、小さな、一しずく、
誰も、知らないみそはぎを、
いつもおもって居りました。

それは、さみしいみそはぎの、
花からこぼれた露でした。

落葉

お背戸(せど)にゃ落葉がいっぱいだ、
たあれも知らないそのうちに、
こっそり掃(は)いておきましょか。

ひとりでしようと思ったら、
ひとりで嬉しくなって来た。

さらりと一掃き掃いたとき、
表に楽隊やって来た。
あとで、あとでと駈け出して、
通りの角までついてった。
そして、帰ってみた時にゃ、
誰か、きれいに掃いていた、
落葉、のこらずすてていた。

野茨の花

白い花びら
刺(とげ)のなか、
「おうお、痛かろ。」
そよ風が、
駈(か)けてたすけに
行ったらば、
ほろり、ほろりと
散りました。

白い花びら
土の上、
「おうお、寒かろ。」
お日さまが、
そっと、照らして
ぬくめたら、
茶いろになって
枯れました。

花屋の爺さん

花屋の爺(じい)さん
花売りに、
お花は町でみな売れた。

花屋の爺さん
さびしいな、
育てたお花がみな売れた。

花屋の爺さん
日が暮れりゃ、
ぽっつり一人で小舎（こや）のなか。

花屋の爺さん
夢にみる、
売ったお花のしやわせを。

小さなうたがい

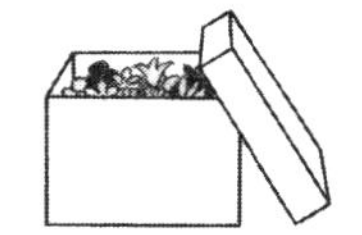

麦藁編む子の唄

私の編んでる麦藁は、
どんなお帽子になるかしら。

紺青いろに染められて、
あかいリボンを付けられて、
遠い都のかざりまど、
明るい電燈に照らされて、
やがてかわいいおかっぱの、
嬢ちゃんのおつむにかぶられる……。

私もついてゆきたいな。

睫毛(まつげ)の虹

ふいても、ふいても
湧いてくる、
涙のなかで
おもうこと。

——あたしはきっと、
もらい児よ——

まつげのはしの
うつくしい、
虹を見い見い
おもうこと。

――きょうのお八つは、
なにかしら――

小さなうたがい

あたしひとりが
叱られた。
女のくせにって
しかられた。

兄さんばっかし
ほんの子で、
あたしはどっかの
親なし子。

ほんのおうちは
どこかしら。

鬼味噌

鬼味噌、泣き味噌、
内べんけい、
表へ出るたび
泣いてもどる。

鬼味噌、泣き味噌、
おかしいな、
うちでは妹を
いじめてる。

鬼味噌、泣き味噌、
誰があそぶ、
鬼と、みそっちょと
二人あそぶ。

口真似

――父さんのない子の唄

「お父ちゃん、
おしえてよう。」
あの子は甘えて
いっていた。

別れてもどる
裏みちで、

「お父ちゃん。」
そっと口真似
してみたら、
なんだか誰かに
はずかしい。

生垣(いけがき)の
しろい木槿(むくげ)が
笑うよう。

女の子

女の子って
ものは、
木のぼりしない
ものなのよ。

竹馬乗ったら
おてんばで、
打ち独楽(ぶごま)するのは
お馬鹿なの。

私はこいだけ
知ってるの、
だって一ぺんずつ
叱られたから。

はだし

土がくろくて、濡（ぬ）れていて、
はだしの足がきれいだな。

名まえも知らぬねえさんが、
鼻緒はすげてくれたけど。

喧嘩（けんか）のあと

ひとりになった
一人になった。
むしろの上はさみしいな。

私は知らない
あの子が先よ。
だけどもだけども、さみしいな。

お人形さんも
ひとりになった。
お人形抱いても、さみしいな。

あんずの花が
ほろほろほろり。
むしろの上はさみしいな。

転校生

よそから来た子は
かわいい子、
どうすりゃ、おつれに
なれよかな。

おひるやすみに
みていたら、
その子は桜に
もたれてた。

よそから来た子は
よそ言葉、
どんな言葉で
はなそかな。

かえりの路で
ふと見たら、
その子はお連れが
出来ていた。

達磨(だるま)おくり

白勝った、
白勝った。
揃(そろ)って手をあげ
「ばんざあい」
赤組の方見て
「ばんざあい」

だまってる
赤組よ、

秋のお昼の
日の光り、
土によごれて、ころがって、
赤いだるまが照られてる。

も一つと
先生が云うので
「ばんざあい。」
すこし小声になりました。

明日

街で逢った
母さんと子供
ちらと聞いたは
「明日」

街の果は
夕焼小焼、
春の近さも
知れる日。

なぜか私も
うれしくなって
思って来たは
「明日」

仔牛（べえこ）

ひい、ふう、みい、よ、踏切で、
みんなして貨車をかぞえてた。
いつ、むう、ななつ、八つ目の、
貨車（かしゃ）に仔牛（べえこ）が乗っていた。
売られてどこへ行くんだろ、
仔牛ばかしで乗っていた。
夕風冷たい踏切で、
みんなして貨車を見おくった。
晩にゃどうして寝るんだろ、
母さん牛はいなかった。
どこへ仔牛は行くんだろ、
ほんとにどこへ行くんだろ。

かりゅうど

ぼくは小さなかりゅうどだ、
ぼくは鉄砲の名人だ。

鉄砲は小さな杉鉄砲、
弾丸は枝ごと提げている。

みどりの鉄砲、肩にかけ、
山みち、小みちをすたこらさ。

ぼくはやさしいかりゅうどだ、
ほかのかりゅうど行くさきに、
すばやくぬけて、鳥たちに、

みどりの弾丸を射ってやる。
みどりの弾丸は痛かない、
鳥はびっくり、飛ぶばかり。
鳥はそのときゃ、怒るだろ、
でも、でも、ぼくはうれしいよ。
ぼくはちいさなかりゅうどだ、
ぼくは鉄砲の名人だ。
みどりの鉄砲、肩にかけ、
山みち、小みちをすたこらさ。

男の子なら

もしも私が男の子なら、
世界の海をお家(うち)にしてる、
あの、海賊になりたいの。

お船は海の色に塗(ぬ)り、
お空の色の帆をかけりゃ、
どこでも、誰にもみつからぬ。

ひろい大海乗りまわし、
強いお国のお船を見たら、
私、いばってこういうの。

「さあ、潮水(しお)をさしあげましょう。」

よわいお国のお船なら、
私、やさしくこういうの。
「みなさん、お国のお噺(はなし)を、
置いて下さい、一つずつ。」

けれども、そんないたずらは、
それこそ暇(ひま)なときのこと、
いちばん大事なお仕事は、
お噺にある宝をみんな、
「むかし」の国へはこんでしまう、
わるいお船をみつけることよ。

そしてその船みつけたら、
とても上手に戦って、
宝残らず取りかえし、

かくれ外套(マント)や、魔法の洋燈(ランプ)、
歌をうたう木、七里靴(しちりぐつ)……。
お船いっぱい積み込んで、
青い帆いっぱい風うけて、
青い大きな空の下、
青い静かな海の上、
とおく走って行きたいの。
もしもほんとに男の子なら、
私、ほんとにゆきたいの。

わらい

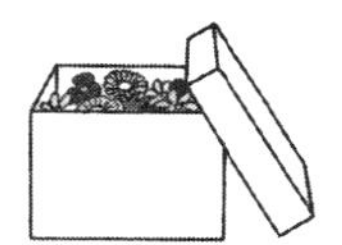

私と小鳥と鈴と

私が両手をひろげても、
お空はちっとも飛べないが、
飛べる小鳥は私のように、
地面（じべた）を速（はや）くは走れない。

私がからだをゆすっても、
きれいな音は出ないけど、
あの鳴る鈴は私のように
たくさんな唄は知らないよ。

鈴と、小鳥と、それから私、
みんなちがって、みんないい。

不思議

私は不思議でたまらない、
黒い雲からふる雨が、
銀にひかっていることが。

私は不思議でたまらない、
青い桑の葉たべている、
蚕が白くなることが。

私は不思議でたまらない、
たれもいじらぬ夕顔が、
ひとりでぱらりと開くのが。

私は不思議でたまらない、
誰にきいても笑ってて、
あたりまえだ、ということが。

お菓子

いたずらに一つかくした
弟のお菓子。
たべるもんかと思ってて、
たべてしまった、
一つのお菓子。

母さんが二つッていったら、
どうしよう。

おいてみて
とってみてまたおいてみて、
それでも弟が来ないから、
たべてしまった、
二つめのお菓子。

にがいお菓子、
かなしいお菓子。

誰がほんとを

誰がほんとをいうでしょう、
私のことを、わたしに。
　よその小母さんはほめたけど、
　なんだかすこうし笑ってた。

誰がほんとをいうでしょう、
花にきいたら首ふった。
　それもそのはず、花たちは、
　みんな、あんなにきれいだもの。

誰がほんとをいうでしょう、

小鳥にきいたら逃げちゃった。
　きっといけないことなのよ、
　だから、言わずに飛んだのよ。

誰がほんとをいうでしょう、
かあさんにきくのは、おかしいし、
（私は、かわいい、いい子なの、
それとも、おかしなおかおなの。）

誰がほんとをいうでしょう、
わたしのことをわたしに。

次からつぎへ

月夜に影踏みしていると、
「もうおやすみ」と呼びにくる。
（もっとあそぶといいのになあ。）
けれどかえってねていると、
いろんな夢がみられるよ。

そしていい夢みていると、
「さあ学校」とおこされる。
（学校がなければいいのになあ。）
けれど学校へ出てみると、

おつれがあるから、おもしろい。
みなで城取りしていると、
お鐘が教場へおしこめる。
（お鐘がなければいいのになあ。）
けれどお話きいてると、
それはやっぱりおもしろい。
ほかの子供もそうかしら、
私のように、そうかしら。

いい眼

山のむこうの鳩の眼を、
ねらって鉄砲が射てるよな、
いい眼が私にあったなら、

町のかあさんのそばにいて、
田舎の、林の、木の枝の、
小鳥の巣かけもみな見える。

沖の、小島の、片かげの、
岩の鮑(あわび)もみなみえる。

空の、夕焼の、雲のうえ、
天使のすがたもよくみえる。

そんないい眼があったなら、
いつも、母さんのそばにいて、
いろんなことをみようもの。

お使い

お月さま、
私は使いにまいります。
よその嬢(じょっ)ちゃんのいいおべべ、
しっかり胸に抱きしめて。

お月さま、
あなたも行ってくださるの、
私の駈(か)けてゆくとこへ。

お月さま、

いたずらっこに逢わなけりゃ、
いつも私はうれしいの。
おかあさんのおしごとを、
よそへ届けにゆくことは。

それに、それに、
お月さま、
私はほんとにうれしいの。
あなたがまあるくなるころに、
私も春着ができるから。

椅子の上

岩の上、
まわりは海よ、
潮はみちる。

おおい、おおい、
沖の帆かげ。
呼んでも、なお、
とおく、とおく。

日はくれる、
空はたかい、
潮はみちる……。
（もういいよ、ごはんだよ。）
あ、かあさんだ。
椅子（いす）の岩から
いせいよく、
お部屋の海に
とびおりる。

あるとき

お家のみえる角へ来て、
おもい出したの、あのことを。
私はもっと、ながいこと、
すねていなけりゃいけないの。

だって、かあさんはいったのよ、
「晩までそうしておいで」って。

だのに、みんなが呼びにきて、
わすれて飛んで出ちゃったの。

なんだかきまりが悪いけど、
でもいいわ、
ほんとはきげんのいいほうが、
きっと、母さんは好きだから。

わらい

それはきれいな薔薇いろで、
芥子つぶよりかちいさくて、
こぼれて土に落ちたとき、
ぱっと花火がはじけるように、
おおきな花がひらくのよ。

もしも泪がこぼれるように、
こんな笑いがこぼれたら、
どんなに、どんなに、きれいでしょう。

ながい夢

きょうも、きのうも、みんな夢、
去年、一昨年、みんな夢。

ひょいとおめめがさめたなら、
かわい、二つの赤ちゃんで、
おっ母ちゃんのお乳をさがしてる。

もしもそうなら、そうしたら、
それこそ、どんなにうれしかろ。

ながいこの夢、おぼえてて、
こんどこそ、いい子になりたいな。

日の光

おてんと様のお使いが
揃(そろ)って空をたちました。
みちで出逢(であ)ったみなみ風、
(何しに、どこへ。)とききました。

一人は答えていいました。
(この「明るさ」を地に撒(ま)くの、
みんながお仕事できるよう。)

一人はさもさも嬉(うれ)しそう。

（私はお花を咲かせるの、
世界をたのしくするために。）

一人はやさしく、おとなしく、
（私は清いたましいの、
のぼる反り橋かけるのよ。）

残った一人はさみしそう。
（私は「影」をつくるため、
やっぱり一しょにまいります。）

星とたんぽぽ

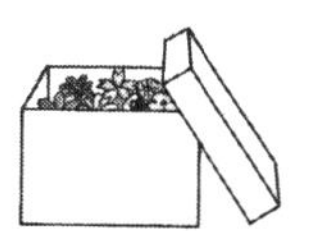

露

誰(だれ)にもいわずにおきましょう。

朝のお庭のすみっこで、
花がほろりと泣いたこと。

もしも噂(うわさ)がひろがって
蜂(はち)のお耳へはいったら、

わるいことでもしたように、
蜜(みつ)をかえしに行(ゆ)くでしょう。

草原の夜

ひるまは牛がそこにいて、
青草たべていたところ。

夜(よる)ふけて、
月のひかりがあるいてる。

月のひかりのさわるとき、
草はすっすとまた伸びる。
あしたも御馳走(ごちそう)してやろと。

ひるま子供がそこにいて、
お花をつんでいたところ。
夜ふけて、
天使がひとりあるいてる。
天使の足のふむところ、
かわりの花がまたひらく、
あしたも子供に見せようと。

星とたんぽぽ

青いお空の底ふかく、
海の小石のそのように、
夜がくるまで沈んでる、
昼のお星は眼にみえぬ。
　見えぬけれどもあるんだよ、
　見えぬものでもあるんだよ。

散ってすがれたたんぽぽの、
瓦（かわら）のすきに、だァまって、
春のくるまでかくれてる、
つよいその根は眼にみえぬ。
　見えぬけれどもあるんだよ、
　見えぬものでもあるんだよ。

木

お花が散って
実が熟れて、
その実が落ちて
葉が落ちて、
それから芽が出て
花が咲く。

そうして何べん
まわったら、
この木は御用が
すむかしら。

蓮と鶏

泥のなかから
蓮（はす）が咲く。
それをするのは
蓮じゃない。
卵のなかから
鶏（とり）が出る。

それをするのは
鶏じゃない。
それに私は
気がついた。
それも私の
せいじゃない。

ざくろ

下から子供が
「ざくろさん、
熟れたら私に
くださいな。」

上からからすが
「あほかいな。
おさきへ私が
いただこよ。」

あかいざくろは
だんまりで、
下へ、下へと、
たれさがる。

轍と子供

轍(わだち)は轢(ひ)くよ、
すみれの花を、
石を轢くように。
田舎のみちで。

子供はひろう、
ちいさな石を、
花を摘(つ)むように。
都のまちで。

林檎畑

七つの星のそのしたの、
誰も知らない雪国に、
林檎(りんご)ばたけがありました。

垣もむすばず、人もいず、
なかの古樹(ふるき)の大枝に、
鐘がかかっているばかり。

ひとつ林檎をもいだ子は、
ひとつお鐘をならします。

　ひとつお鐘がひびくとき、
　ひとつお花がひらきます。

七つの星のしたを行く、
馬橇(ばそり)の上の旅びとは、
とおいお鐘をききました。

とおいその音をきくときに、
凍(こお)ったこころはとけました、
みんな涙(なみだ)になりました。

りこうな桜んぼ

とてもりこうな桜んぼ、
ある日、葉かげで考える。
待てよ、私はまだ青い、
行儀（ぎょうぎ）のわるい鳥の子が、
つつきゃ、ぽんぽが痛くなる、
かくれてるのが親切だ。

　そこで、かくれた、葉の裏だ、
　鳥も見ないが、お日さまも、
　みつけないから、染め残す。

やがて熟（う）れたが、桜んぼ、
またも葉かげで考える。
待てよ、私を育てたは、

この木で、この木を育てたは、
あの年とったお百姓だ、
鳥にとられちゃなるまいぞ。
　そこで、お百姓、籠もって、
取りに来たのに、桜んぼ、
かくれてたので採り残す。

やがて子供が二人来た、
そこでまたまた考える。
待てよ、子供は二人いる、
それに私はただ一つ、
けんかさせてはなるまいぞ、
落ちない事が親切だ。
　そこで、落ちたは夜夜中、
黒い巨きな靴が来て、
　りこうな桜んぼを踏みつけた。

ゆびきり

牧場の果にしずしずと、
赤いお日さま沈みます。

柵にもたれて影ふたつ、
ひとりは町の子、紅リボン、
ひとりは貧しい牧場の子。

「あしたはきっと、みつけてね、
七つ葉のあるクローバを。」

「そしたら、ぼくに持って来て、
そんなきれいな噴水(ふきあげ)を。」
「ええ、きっとよ、ゆびきりよ。」
ふたりは指をくみました。
牧場のはての草がくれ、
あかいお日さま、ひとりごと。
「草にかくれて、このままで、
あすは出ないでおきたいな。」

仏さまのお国

おなじところへゆくのなら、
み仏(ほとけ)さまはたれよりか、
わたくしたちがお好きなの。

あんないい子の花たちや、
みんなにいい唄きかせてて、
鉄砲で射(う)たれる鳥たちと、
おなじところへゆくのなら。

ちがうところへゆくのなら、
わたくしたちの行くとこは、
一ばんひくいとこなのよ。

一ばんひくいとこだって、
私たちには行けないの。
それは支那(シナ)より遠いから、
それは、星より高いから。

見えないもの

ねんねした間になにがある。
うすももいろの花びらが、
お床の上に降り積り、
お目々さませば、ふと消える。

誰もみたものないけれど、
誰がうそだといいましょう。

まばたきするまに何がある。
白い天馬(てんま)が翅(はね)のべて、
白羽の矢よりもまだ早く、
青いお空をすぎてゆく。
誰もみたもののないけれど、
誰がうそだといえましょう。

金魚のお墓

暗い、さみしい、土のなか、
金魚はなにをみつめてる。
夏のお池の藻（も）の花と、
揺れる光のまぼろしを。

静かな、静かな、土のなか、
金魚はなにをきいている。
そっと落葉の上をゆく、
夜のしぐれのあしおとを。

冷たい、冷たい、土のなか、
金魚はなにをおもってる。
金魚屋の荷のなかにいた、
むかしの、むかしの、友だちを。

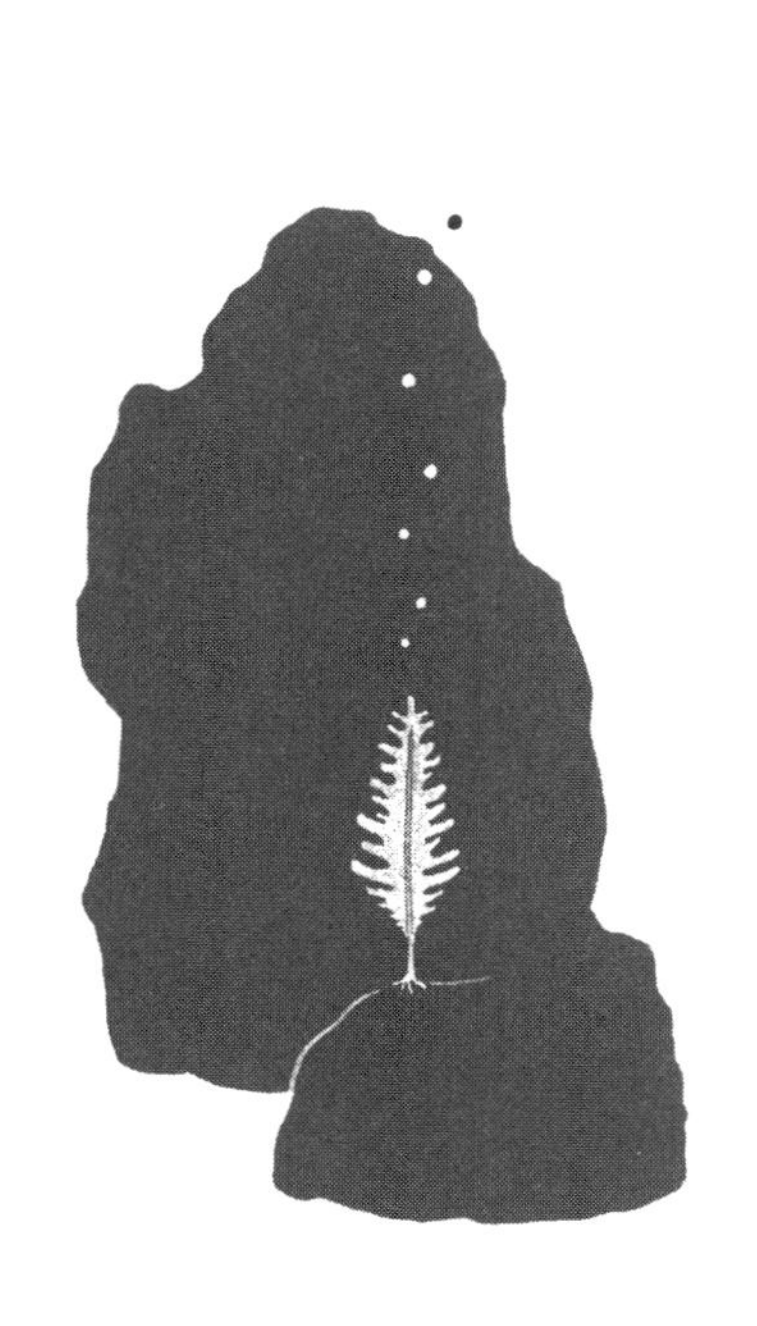

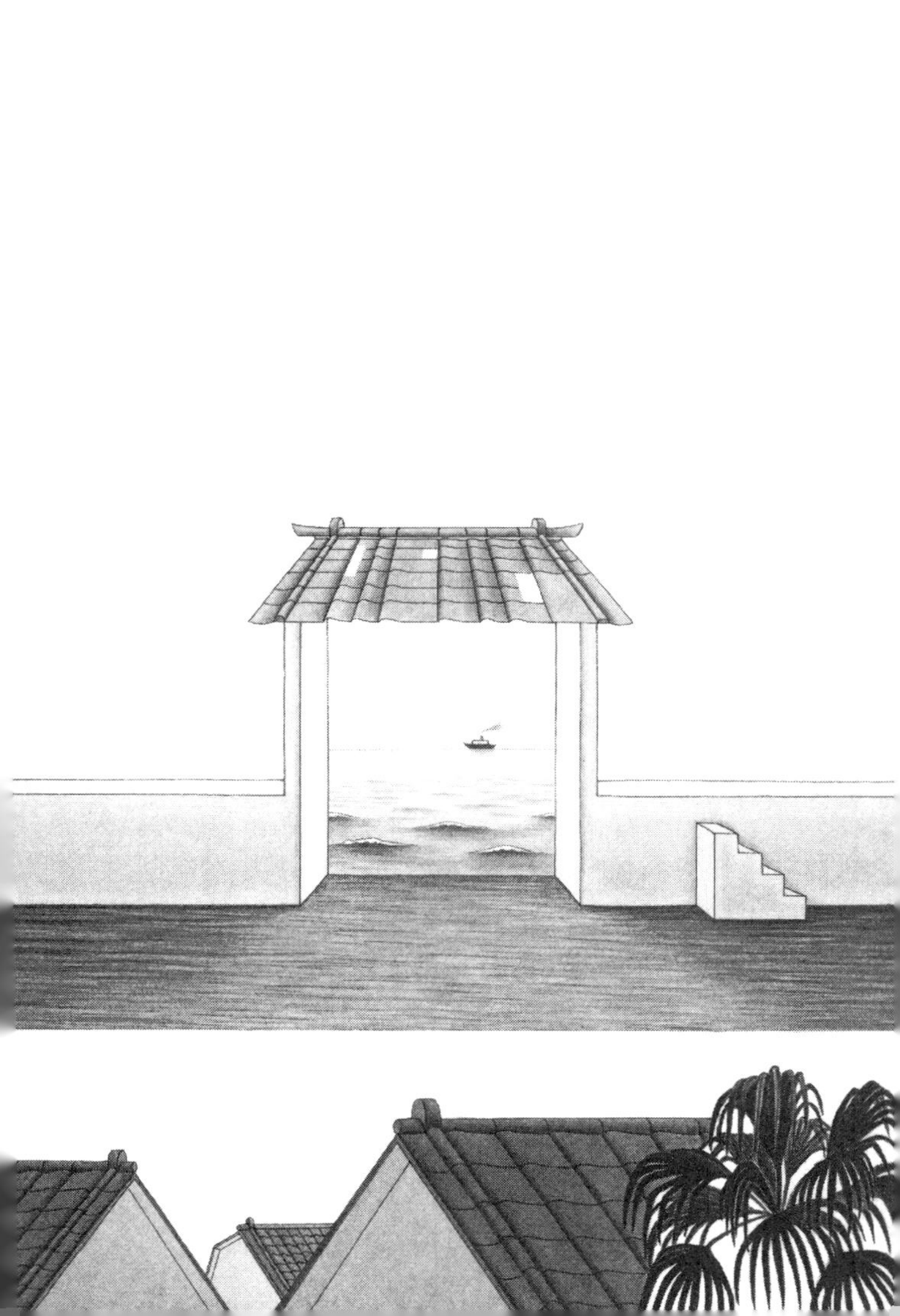

夢から夢を

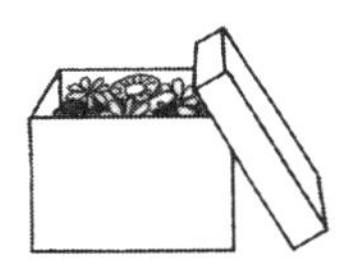

打出の小槌

打出の小槌を貰ったら
私は何を出しましょう。

羊羹、カステラ、甘納豆
姉さんとおんなじ腕時計、
まだまだそれより真白な
唄の上手な鸚鵡を出して、
赤い帽子の小人を出して
毎日踊を見ましょうか。

いいえ、それよりお話の
一寸法師がしたように
背丈を出して一ぺんに
大人になれたらうれしいな。

こぶとり

――おはなしのうたの一

正直爺(じい)さんこぶがなく、
なんだか寂(さみ)しくなりました。
意地悪爺さんこぶがふえ、
毎日わいわい泣いてます。

正直爺さんお見舞だ、

わたしのこぶがついたとは、
やれやれ、ほんとにお気の毒、
も一度、一しょにまいりましょ。

山から出て来た二人づれ、
正直爺さんこぶ一つ、
意地悪爺さんこぶ一つ、
二人でにこにこ笑ってた。

かぐやひめ

——おはなしのうたの二

竹のなかから
うまれた姫は、
月の世界へ
かえって行った。

月の世界へ
かえった姫は、
月のよるよる
下見て泣いた。

もとのお家(うち)が
こいしゅて泣いた、

ばかな人たち
かわいそで泣いた。

姫はよるよる
変わらず泣いた、
下の世界は
ずんずん変わった。

爺(じい)さん婆(ばあ)さん
なくなってしもうた、
ばかな人たちゃ
忘れてしもうた。

夢から夢を

一寸法師はどこにいる。
一寸法師は身がかるい、
夢から夢を飛んで渡る。

そして昼間はどこにいる。
昼も夢みる子供等の、
夢から夢を飛んで渡る。

夢のないときゃ、どこにいる。
夢のないときゃ、わからない、
夢のないときゃ、ないゆえに。

なまけ時計

柱時計のいうことにゃ、
きょうは日曜、菊日和(きくびより)、
旦那(だんな)さんの役所も休みなら、
坊ちゃん、嬢(じょっ)ちゃん、みンな休み。

あたしばかりがチック、タク、
かせぐばかしでつまらない、
ひとつ、昼寝と出かけよか。

なまけ時計はみつかって、
きりきり、ねじをねじられて、
ごめん、ごめんと鳴り出した。

色紙

きょうはさびしい曇り空
あんまり淋しいくもり空。

暗いはとばにあそんでる
白いお鳩の小さな足に
赤やみどりの色紙を
長くつないでやりましょう

そして一しょに飛ばせたら
どんなにお空がきれいでしょう。

ころんだ所

いつか使いのかえりみち
ここでころんで泣きました。
あの日みていた小母(おば)さんが
いまもお店にいるようす。
桃太郎さん、桃太郎さん、
ちょいとお貸しな、かくれみの。

井戸ばたで

お母さまは、お洗濯、
たらいの中をみていたら、
しゃぼんの泡(あわ)にたくさんの、
ちいさなお空が光ってて、
ちいさな私がのぞいてる。

こんなに小さくなれるのよ、
こんなにたくさんになれるのよ、
私は魔法つかいなの。

何かいいことして遊(あす)ぼ、
つるべの縄に蜂(はち)がいる、
私も蜂になってあすぼ。

ふっと、見えなくなったって、
母さま、心配しないでね、
ここの、この空飛ぶだけよ。

こんなに青い、青ぞらが、
わたしの翅(はね)に触(さわ)るのは、
どんなに、どんなに、いい気持。

つかれりゃ、そこの石竹(せきちく)の、
花にとまって蜜(みつ)吸って、
花のおはなしきいてるの。

ちいさい蜂にならなけりゃ、

とても聞えぬおはなしを、
日暮まででも、きいてるの。

なんだか蜂になったよう、
なんだかお空を飛んだよう、
とても嬉しくなりました。

手品師の掌（てのひら）

桃からうまれる桃太郎さん、
瓜（うり）からうまれる瓜姫さん。

卵からうまれる鶏（にわとり）さん、
種からうまれる木のこども。

山からうまれるお日いさま、
海からうまれる雲の峯（みね）。

白いお鳩（はと）は手品師の、
お掌（てて）のなかからうまれてた。

私も、どこぞの手品師の、
お掌のなかからうまれたか。

折紙あそび

あかい、四角な、色紙よ、
これで手品(てづま)をつかいましょ。

私の十(とお)のゆびさきで、
まず生れます、虚無僧(こむそう)が。

みるまに化(な)ります、鯛(たい)の尾に、
ほらほら、ぴちぴちはねてます。

鯛もうかべば帆かけ舟、
舟は帆かけてどこへゆく。

その帆おろせば二(に)艘舟(そうぶね)、
世界のはてまで二艘づれ。

またもかわれば風ぐるま、
ふっと吹きましょ、まわしましょ。

まだも変わってお狐(きつね)さん、
コンコン、こんどはなんに化(ば)きょ。

そこで化けます、紙きれに、
もとの四角な色紙に。

なんてふしぎな紙でしょう、
なんて上手な手品(てづま)でしょう。

女王さま

あたしが女王さまならば
国中のお菓子屋呼びあつめ、
お菓子の塔をつくらせて、
そのてっぺんに椅子据えて、
壁をむしって喰べながら、
いろんなお布令を書きましょう。

いちばん先に書くことは、
「私の国に棲むものは
子供ひとりにお留守居を
させとくことはなりません。」

そしたら、今日の私のように
さびしい子供はいないでしょう。

それから、つぎに書くことは、
「私の国に棲むものは
私の毬（まり）より大きな毬を
誰も持つこと出来ません。」

そしたら私も大きな毬が
欲しくなくなることでしょう。

仙崎八景

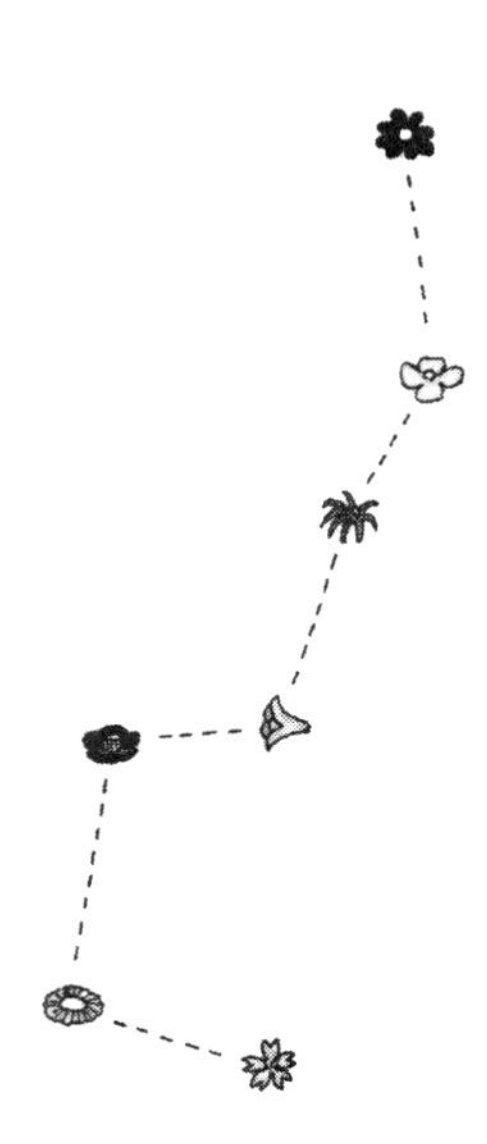

花津浦

浜で花津浦(はなづら)眺めてて、
「むかし、むかし」と
ききました。
浜で花津浦みる度(たび)に、
こころさみしく
おもい出す。

「むかし、むかし」と
花津浦の
その名の所縁(いわれ)きかされた
郵便局の小父(おじ)さんは、
どこでどうしているのやら。

あのはなづらの
はな越えて、
お船はとおく
消えました。

いまも、入日(いりひ)に海は燃え、
いまもお船は沖をゆく。

「むかし、むかし」よ
花津浦よ、
みんなむかしになりました。

祇園社（ぎおん）

はらはら
松の葉が落ちる、
お宮の秋は
さみしいな。

のぞきの唄（うた）よ
瓦斯（ガス）の灯よ、
赤い帯した
肉桂（にっけい）よ。

いまは
こわれた氷屋に、
さらさら
秋風ふくばかり。

弁天島

「あまりかわいい島だから
ここには惜しい島だから、
貰(もら)ってゆくよ、綱つけて。」
北のお国の船乗りが、
ある日、笑っていいました。
うそだ、うそだと思っても、

夜が暗うて、気になって、
朝はお胸もどきどきと、
駈けて浜辺へゆきました。
弁天島は波のうえ、
金のひかりにつつまれて、
もとの緑でありました。

王子山

公園になるので植えられた、
桜はみんな枯れたけど、

伐られた雑木の切株にゃ、
みんな芽が出た、芽が伸びた。

木の間に光る銀の海、
わたしの町はそのなかに、
竜宮みたいに浮んでる。

銀の瓦と石垣と、
夢のようにも、霞んでる。
王子山から町見れば、
わたしは町が好きになる。
干鱬のにおいもここへは来ない、
わかい芽立ちの香がするばかり。

小松原

小松原、
松はすくなくなりました。
いつも木挽きのお爺さん、
巨きな材木ひいてます。
押したり、引いたり、その度に、
白帆が見えたり、かくれたり、

かもめも飛びます、波のうえ、
雲雀(ひばり)も啼(な)きます、空のなか。
松と、木挽きはさみしそう。
海もお空も春だけど、

ところどころに新しい、
家が建ちます、
小松原、
松はすくなくなりました。

極楽寺

極楽寺のさくらは八重ざくら、
八重ざくら、
使いにゆくとき見て来たよ。
横町の四つ角まがるとき、
まがる時、
よこ目でちらりと見て来たよ。

極楽寺のさくらは土ざくら、
土ざくら、
土の上ばかりに咲いてたよ。
若布結飯のお弁当で、
お弁当で、
さくら見に行って見てきたよ。

波の橋立

波（なみ）の橋立（はしだて）よいところ、
右はみずうみ、もぐっちょがもぐる、
左ゃ外海、白帆（しらほ）が通る、
なかの松原、小松原、
さらりさらりと風が吹く。
　海のかもめは
　みずうみの
　鴨（かも）とあそんで
　日をくらし、

　あおい月出りゃ
　みずうみの、
　ぬしは海辺で
　貝ひろう。
波の橋立、よいところ、
右はみずうみ、ちょろろの波よ、
左ゃ外海、どんどの波よ、
なかの石原、小石原、
からりころりと通りゃんせ。

大泊港

山の祭のかえりみち、
送ってくれた伯母様（おばさま）と、
別れて峠を降りるとき、
杉の梢（こずえ）にちかちかと、
きれいな海が光ってた。

海に帆柱、とまり舟、

岸にちらほら藁(わら)の屋根、
みんなお空にあるような、
みんなお夢にあるような。

峠くだれば蕎麦畑(そばばたけ)
畑のはてに見えるのは、
あれはやっぱり、大泊(おおとまり)
ふるいさみしい港です。

田舎(いなか)の町と飛行機

飛行機お空にみえたので、
町じゅう表へ出て来たよ。
菓子屋の店にも誰もいず、
床屋の鏡も空っぽで、
みんな揃(そろ)って口あけて、
春のお空をみていたよ。

群れて小鳥のとぶように、
ビラがお空を舞ってたよ。
うちの庭にはちらちらと、
桜になって散ってたよ。
飛行機お空をすぎたので、
町じゅうぽかんとしていたよ。

角の乾物屋の

――わがもとの家、まことにかくありき

角(かど)の乾物(かんぶつ)屋の
塩俵、
日ざしがかっきり
もう斜(ななめ)。

二軒目の空屋(あきや)の
空俵、
捨て犬ころころ
もぐれてる。

三軒目の酒屋の
炭俵、
山から来た馬
いま飼葉（かいば）。

四軒目の本屋の
看板（かんばん）の、
かげから私は
ながめてた。

郵便局の椿

あかい椿が咲いていた、
郵便局がなつかしい。

いつもすがって雲を見た、
黒い御門がなつかしい。

ちいさな白い前かけに、
赤い椿をひろっては、

郵便さんに笑われた、
いつかのあの日がなつかしい。
あかい椿は伐(き)られたし、
黒い御門もこわされて、
ペンキの匂うあたらしい、
郵便局がたちました。

八百屋のお鳩

おや鳩子ばと
お鳩が三羽
八百屋の軒で
クックと啼いた。

茄子はむらさき
キャベツはみどり
いちごの赤も
つやつやぬれて。

なあにを買おうぞ
しィろいお鳩
八百屋の軒で
クックと啼いた。

積った雪

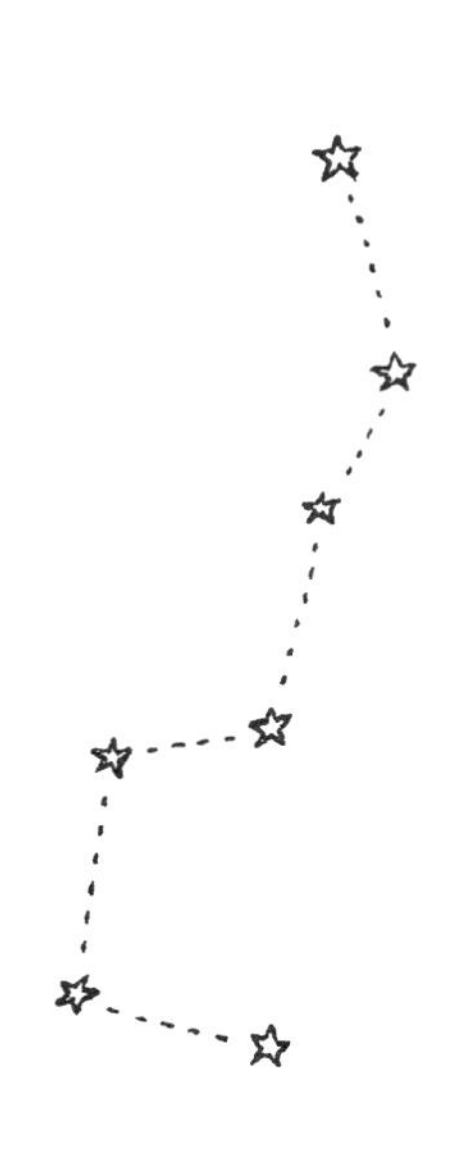

積った雪

上の雪
さむかろな。
つめたい月がさしていて。

下の雪
重かろな。
何百人ものせていて。

中の雪
さみしかろな。
空も地面もみえないで。

繭と墓

蚕（かいこ）は繭（まゆ）に
はいります、
きゅうくつそうな
あの繭に。

けれど蚕は
うれしかろ、
蝶々（ちょうちょう）になって
飛べるのよ。

人はお墓へ
はいります、
暗いさみしい
あの墓へ。

そしていい子は
翅（はね）が生（は）え、
天使になって
飛べるのよ。

淡雪（あわゆき）

雪がふる、
雪がふる。

落ちては消えて
どろどろな、
ぬかるみになりに
雪がふる。

兄から、姉から、
おとといもと、
あとから、あとから
雪がふる。

おもしろそうに
舞いながら、
ぬかるみになりに
雪がふる。

月のひかり

一

月のひかりはお屋根から、
明るい街(まち)をのぞきます。

なにも知らない人たちは、
ひるまのように、たのしげに、
明るい街をあるきます。

月のひかりはそれを見て、
そっとためいきついてから、

誰も貰わぬ、たくさんの、
影を瓦にすててます。

それも知らない人たちは、
あかりの川のまちすじを、
魚のように、とおります。
　ひと足ごとに、濃く、うすく、
　伸びてはちぢむ、気まぐれな、
電燈のかげを曳きながら。

二

月のひかりはみつけます、
暗いさみしい裏町を。

いそいでさっと飛び込んで、
そこのまずしいみなし児が、
おどろいて眼をあげたとき、

その眼のなかへもはいります。
ちっとも痛くないように、
そして、そこらの破ら屋（あばらや）が、
銀の、御殿（ごてん）にみえるよに。

子供はやがてねむっても、
月のひかりは夜あけまで、
しずかにそこに佇（た）ってます。
こわれ荷ぐるま、やぶれ傘（かさ）、
一本はえた草にまで、
かわらぬ影をやりながら。

お日さん、雨さん

ほこりのついた
芝草を
雨さん洗って
くれました。

洗ってぬれた
芝草を
お日さんほして
くれました。

こうして私が
ねころんで
空をみるのに
よいように。

もういいの

──もういいの。
──まあだだよ。
枇杷(びわ)の木の下と、
牡丹(ぼたん)のかげで、
かくれん坊の子供。
──もういいの。
──まあだだよ。

枇杷の木の枝と、
青い実のなかで、
小鳥と、枇杷と。

——もういいの。
——まあだだよ。
お空のそとと、
黒い土のなかで、
夏と、春と。

寒（かん）のあめ

しぼしぼ雨に
日ぐれの雨に、
まだ灯（ひ）のつかぬ、
街燈（がいとう）がぬれて。

きのうの凧（たこ）は
きのうのままに、
梢（こずえ）にたかく、
やぶれてぬれて。

重たい傘を
お肩にかけて、
おくすり提げて、
私はかえる。

しぼしぼ雨に
日ぐれの雨に、
蜜柑の皮は、
ふまれて、ぬれて。

水と影

お空のかげは、
水のなかにいっぱい。

お空のふちに、
木立もうつる、
野茨もうつる。

水はすなお、
なんの影も映す。

水のかげは、
木立(こだち)のしげみにちらちら。

明るい影よ、
すずしい影よ、
ゆれてる影よ。

　水はつつましい、
　自分の影は小さい。

冬の星

霜夜のまちで
お姉さま、
空をみながら
いいました。
——しずかに
さむく
さよならと。

霜夜の
そらの
お星さま、
いちばん青い
お星さま。
——ちょうど
あなたに
いうように。

冬の雨

「母さま、母さま、ちょいと見て、
雪がまじって降っててよ。」
「ああ、降るのね。」とお母さま、
お裁縫（しごと）してるお母さま。
——氷雨（ひさめ）の街（まち）をときどき行くは、
　みんな似たよな傘ばかり。

「母さま、それでも七つ寝りゃ、
やっぱり正月来るでしょか。」
「ああ、来るのよ。」とお母さま、

春着縫ってるお母さま。
――このぬかるみが河ならいいな、
　ひろい海なら、なおいいな。
「母さま、お舟がとおるのよ、
ぎいちら、ぎいちら、櫓をおして。」
「まあ、馬鹿だね。」とお母さま、
こちら向かないお母さま。
――さみしくあてる、左の頰に、
　つめたいつめたい硝子です。

しあわせ

桃いろお衣のしあわせが、
ひとりしくしく泣いていた。

夜更けて雨戸をたたいても、
誰も知らない、さびしさに、
のぞけば、暗い灯のかげに、
やつれた母さん、病気の子。

かなしく次のかどに立ち、
またそのさきの戸をたたき、
町中まわってみたけれど、
誰もいれてはくれないと、

月の夜ふけの裏町で、
ひとりしくしく泣いていた。

夜なかの風

夜なかの風はいたずら風よ
ひとり通ればさびしいな。

ねむの葉っぱをゆすぶろか、
ねむの葉っぱはゆすぶられ、
お舟に乗った夢をみる。

草の葉っぱをゆすぶろか、
草の葉っぱはゆすぶられ、
ぶらんこしてる夢をみる。

夜なかの風はつまらなそうに
ひとりで空をすぎてゆく。

きりぎりすの山登り

きりぎっちょん、山のぼり、
朝からとうから、山のぼり。
　ヤ、ピントコ、ドッコイ、ピントコ、ナ。

山は朝日だ、野は朝露だ、
とても跳(は)ねるぞ、元気だぞ。
　ヤ、ピントコ、ドッコイ、ピントコ、ナ。

あの山、てっぺん、秋の空、
つめたく触(さわ)るぞ、この髭(ひげ)に。
　ヤ、ピントコ、ドッコイ、ピントコ、ナ。

一跳(ひとは)ね、跳ねれば、昨夜(ゆうべ)見た、お星のとこへも、行かれるぞ。
　ヤ、ピントコ、ドッコイ、ピントコ、ナ。

お日さま、遠いぞ、さァむいぞ、
あの山、あの山、まだとおい。
　ヤ、ピントコ、ドッコイ、ピントコ、ナ。

見たよなこの花、白桔梗（しらききよう）、
昨夜（ゆうべ）のお宿だ、おうや、おや。
　ヤ、ドッコイ、つかれた、つかれた、ナ。

山は月夜だ、野は夜露、
露でものんで、寝ようかな。
　アーア、アーア、あくびだ、ねむたい、ナ。

解説・エッセイ・年譜

解説

「みすゞコスモス」への旅

矢崎節夫

金子みすゞ、という美しい女性の童謡詩人がいました。

いまから半世紀も前のことです。

みすゞは日本の童謡の興隆期、大正から昭和にかけて、彗星のように現われ、若き童謡詩人たちのあこがれの星となりましたが、昭和五年、二十六歳の若さでこの世を去りました。

しかしいま、金子みすゞは日本の最も新しい童謡詩人として、全国の人々の心に驚くほどの力で甦っているのです。

それは、いのちのこと、こころのこと、生かされているということ、見えないけれどあるということ、違うことのすばらしさなど、現代の私たちに一番大切なことを、深い、やさしいまなざしで、歌ってくれているからでしょう。

金子みすゞの甦りは、みすゞの残した一編の作品によって行なわれました。『日本童謡集』(与田準一編・岩波文庫)の中に、金子みすゞという名前と、「大漁」が一編載っていたのです。

大漁

朝やけ小やけだ
大漁だ
大ばいわしの
大漁だ。

はまは祭りの
ようだけど
海のなかでは
何万の

いわしのとむらい
するだろう

この作品を読んだ時、当時、大学一年であった私は、激しい衝撃を受けました。それは、人間中心のまなざしをひっくり返されるほどの衝撃でした。

——生き死にをこんなに鮮烈に歌えるなんて。見えない海の底の悲しみにまで佇める、金子みすゞとはどんな人なのだろう。もっと、もっと作品を読んでみたい。

「大漁」との出会いが、みすゞ捜しの旅に、私をむかわせたのでした。

二年後、「露」に出会い、さらにその二年後の昭和四十五年（一九七〇）秋、私にとって宝石箱のような一冊の私家版の童謡選集に出会えました。みすゞと同時代の投稿詩人壇上春清氏が出版した、金子みすゞ童謡選集『繭と墓』でした。ここには、これまで出会えた「大漁」と「露」のほか、みすゞが雑誌『童話』に発表した二十七編と未発表の「繭と墓」を加えた全三十編が入っていたのです。

しかし、以後、ほとんどなにも手がかりはないまま、ただ思いを飛ばすことだけを続けていました。

こうして十六年——時が来たのでしょう。みすゞの実弟上山雅輔氏にたどりつき、みすゞの自筆の三冊の童謡集を手にすることができたのでした。三冊の童謡集にはそれぞれ、『美しい町』『空のかあさま』『さみしい王女』と題され、全部で五百十二編もの作品が記されていました。それまで私が出会えることが出来た十七倍もの作品でした。

この日から一年八ヵ月後の昭和五十九年（一九八四）二月、美しい水色の布表紙の『金子みすゞ全集全三巻・別巻思ひでの記』が千部限定版として、ＪＵＬＡ出版局から出版されたのです。この本がＪＵＬＡ出版局の最初の出版物でもありました。

以後、新装版の全集、選集、童謡絵本など、次々とＪＵＬＡ出版局から出版され、みすゞ甦りは確実に行なわれていったのです。

作品は、作者の内なる宇宙の具現化です。ですから、金子みすゞの文学を、私はみすゞさんの宇宙『みすゞコスモス』と呼んでいます。

みすゞコスモスは、どこまでも深く、広く、はてしなく優しい文学宇宙です。そして、みすゞが幼い人にもわかる童謡というかたちで作品を書いてくれたおかげで、園児から百歳の方までが、その人生観、宇宙観、宗教観の深まりによって、より深く読める、日本人が初めて手に入れた三世代が共有できる文学宇宙なのです。

みすゞコスモスの入場券は、人間中心のまなざしを変えるということです。このまなざしに立つと、私たちのまわりのもの全てが、いとおしくなります。乗り物の名前は、感動する心『不思議号』です。本当に、私たちのまわりは、不思議でいっぱいです。

みすゞコスモスは、どんなふうに旅してくださっても、全て正解です。なぜなら、人は読みたいようにしか読まないからです。できることなら、うれしく読んでくださると倖せです。

「土」(34頁)をもう一度読んでみてください。〝打たれぬ土は／踏まれぬ土は／要らない土か。〃いえいえそれは／名のない草の／お宿をするよ。〃と歌っています。

この「土」を私はいまこう読んでいます。

この世にある全ての動植物、鉱物にいたるまで、全て母なる地球から生まれたものです。母は子どもに一つたりとも無用なものは作りません。それなのに、もしかすると、この地球上の一番最後の子どもである、私たち人間だけが、恥かしいことに自己中心的に有用無用と区別しているのです。「土」を読むと、このことにふと気づかせてもらえます。

さらに、この世の中に無用なものは一つもないんだと。だれもがいるだけで役に立っているんだともです。

この本をきっかけに、みなさんがそれぞれのみすゞコスモスを旅してくださるとうれしいです。

金子みすゞの生涯

金子みすゞ、本名テルは明治三十六年（一九〇三）四月十一日、山口県大津郡仙崎（いまの長門市仙崎）に生まれました。

仙崎は萩と下関の間、日本海に面し、東を仙崎湾、西を深川湾、南を中国山脈、北を青海島に囲まれた、小さな三角州の漁師町です。

テルの育った大正時代、町は漁師たちで活気に溢れていました。とくに大羽鰮の時期になると、夜の十一時頃から明け方まで、海には漁船が並び、一キロ近い海岸線にはガス灯がともり、男や女や子どもまでが総出で網を引く様子は、『大漁』（12頁）そのままの、まるで祭りのようでした。

テルはこの町を、こよなく愛しました。「王子山」（160頁）では、〃木の間に光る銀の海、／わたしの町はそのなかに、／龍宮みたいに浮んでる。〃と歌い、〃王子山から町見れば、／わたしは町が好きになる。〃と歌っています。

金子家は、父庄之助、母ミチ、祖母ウメ、二つ年上の兄堅助と、二つ年下の弟正祐の六人家族でした。

テルが三歳の時、父庄之助が亡くなりました。三十一歳でした。母ミチの妹、フジの嫁ぎ先の下関にある上山文英堂は当時、大変大きな書店で、下関に本店のほかに支店を三軒、又、旅順、大連、営口、青島にも支店を持っていました。

そこで、働き手のいなくなった金子家は、上山文英堂の後押しで、大津郡でただ一軒の本屋、金子文英堂を始めました。そして、弟の正祐は子どものいなかった上山文英堂の跡取り息子として、養子にもらわれていきました。明治四十年（一九〇七）正祐一歳、テル四歳のことでした。

金子家は母と祖母と兄の四人家族になりましたが、働きものの母ミチを中心に、いつも明るい家族だったといいます。

明治四十三年（一九一〇）四月、瀬戸崎尋常小学校（いまの仙崎小学校）に入学、六年間、すべて甲という優秀な成績で卒業すると、大正五年（一九一六）大津郡立大津高等女学校（いまの県立大津高校）に入学しました。

小学校、女学校時代の同級生の話では、色白で、ぽっちゃりとした可愛い少女テルは、クラスのだれからも好かれたといいます。又、テルから人のいやがることを、一度も聞いたことがなかったともいいます。

テルが女学校二年の時、上山文英堂に嫁いでいた叔母フジが亡くなりました。翌年の大正八年（一九一九）八月、女手のなくなった上山文英堂のため、母ミチが後妻に入ることとなり、金子家は祖母と兄と三人家族になりました。

大正九年（一九二〇）三月、女学校卒業。卒業時、その才を惜しんだ先生から奈良女子高等師範に行って、教師になるよう勧められたが断わっています。

大正十一年（一九二二）兄堅助結婚。その後、テルは母ミチに呼ばれ、仙崎をでて下関の上山文英堂に移ることになりました。

大正十二年（一九二三）四月のことです。大正十二年五月三日、下関の黒川写真館で写した金子みすゞの代表的写真は、この頃のものです。同じ頃、テルは上山文英堂の商品館にある支店のたった一人の店番として働くことになりました。

小さな小さな店でしたが、テルにとっては、大好きな本に囲まれた、心の王国でした。テルはこの心の王国で、自由に空想し、想像し、自らの内なる宇宙の表現を見つけました。

童謡を書くことでした。

大正七年（一九一九）七月に創刊された雑誌『赤い鳥』に続いて『金の船』『童話』と、後に三大童話童謡雑誌といわれる、三大雑誌がせいぞろいしていた時代でした。『赤い鳥』では北原白秋が、『金の船』（後に『金の星』）では野口雨情が、『童話』では西條八十が、それぞれに童謡欄を担当し、自作を発表し、更に投稿の選者として、若き童謡詩人たちを育てていたのです。

こんな時代の中で、テルは童謡を書き始めたのでした。

大正十二年六月の始め、金子みすゞというペンネームで、雑誌『童話』『婦人倶楽部』『婦人画報』『金の星』に、初めて書いた童謡を投稿しました。

〝みすゞ〟という名前は、信濃の国の枕詞、みすずかるという言葉の響きが好きで、つけたものでした。

みすゞの投稿した作品は、この年の九月号にすべて載りました。とくに『童話』では、選者の西條八十に推薦として選ばれました。「大人の作では金子さんの『お魚』と『打出の小槌』に心を惹かれた。どこかふっくりとした温かい情味が謡全体を包んでいる。この感じは英国のクリスティナ・ロゼッティのそれと同じだ。閨秀の童謡詩人が皆無の今日、この調子で努力して頂きたい」

この八十の評を読んだ時、どんなにみすゞはうれしかったでしょうか。二ヵ月後の『童話』の通信欄に、次のように書いています。

「童謡と申すものをつくり始めまして一ヶ月、おづおづと出しましたもの。落選と思ひ決めてそれを明らかにするのがいやさに、あぶなく雑誌を見ないですごす所でした。嬉しいのを通りこして泣きたくなりました。ほんとうにありがとうございました。」

以後、みすゞは次々と作品を投稿、その度に、西條八十は誉め励ましました。

「氏には童謡作家の素質として最も貴いイマジネーションの飛躍がある。この点はほかの人々の一寸模し難いところがある」「当代の童謡作家の数はかなり多いが、かの英国のスティーヴンソンのような子供の生活気分を如実に剔抉し来る作家は殆んど皆無と云っていい。そうした点で氏の作品は殆んどユニークと云ってよい」「金子みすゞ氏も今月は例によって光った作品を多数寄せられた。中でも『大漁』以下の推薦作は私の愛誦措かないものである」

西條八十の称賛だけでなく、雑誌『童話』の通信欄には全国の投稿仲間からのみすゞへの手紙も、毎月のように載るようになりました。当時を知っている人たちによると、「少年の私にとって、金子みすゞは雲の上の女神でした」「私たちにとっては、金子みすゞの名前を聞くだけで、うれしかった」と語っています。

みすゞは更に、西條八十から〃若き詩人中の巨星〃とさえ、いわれるようになりました。

大正十五年（一九二六）になると、『日本童謡集・一九二六年版』（童謡詩人会編）に、北原白秋、西條八十、野口雨情、三木露風、竹久夢二、泉鏡花、若山牧水などと共に、女性の詩人としてただ一人、金子みすゞは選ばれ、「大漁」「お魚」の二編が載りました。童謡を書き始めて、わずか三年目のことです。

しかし、みすゞにとっては、この頃が一番倖せな時期でした。

当時はまだ女性にはつらい時代でした。結婚一つとっても、そのほとんどが親や親戚など囲りの大人たちの都合で決められた時代でした。

みすゞの結婚も、上山文英堂店主、上山松蔵によって進められました。そして、大正十五年二月、みすゞ結婚。相手は上山文英堂の手代格の人でした。もちろん、松蔵にとっても、みすゞの倖せをまず一番に考えた末のことでしたでしょうが、その背後には、上山文英堂の跡取りである弟正祐が店を継げるようになるまでの、つなぎとしての政略結婚的色合を強く感じさせる結婚でした。

この年最愛の一人娘をもうけましたが、残念なことに、相手の人はみすゞの心持とは遠い人でした。そして、ついにはみすゞに童謡を書くことと、投稿仲間との文通を禁じたのでした。

昭和四年（一九二九）の夏から秋にかけて、みすゞは三冊の手書きの童謡集『美しい町』『空のかあさま』『さみしい王女』を清書し、一部を西條八十に、残りの一部を弟の正祐に送り、以後、ぷっつりと創作の筆を断ったのでした。

五百十二編の手書きの作品の最後は、「きりぎりすの山登り」でした。

きりぎりすの山登り

きりぎっちょん、山のぼり、

朝からとうから、山のぼり。
　ヤ、ピントコ、ドッコイ、ピントコ、ナ。

山は朝日だ、野は朝露だ、
とても跳ねるぞ、元気だぞ。
　ヤ、ピントコ、ドッコイ、ピントコ、ナ。

あの山、てっぺん、秋の空、
つめたく触るぞ、この髭に。
　ヤ、ピントコ、ドッコイ、ピントコ、ナ。

一跳ね、跳ねれば、昨夜見た、
お星のとこへも、行かれるぞ。
　ヤ、ピントコ、ドッコイ、ピントコ、ナ。

お日さま、遠いぞ、さァむいぞ、
あの山、あの山、まだとおい。

　ヤ、ピントコ、ドッコイ、ピントコ、ナ。
見たよなこの花、白桔梗、
昨夜のお宿だ、おうや、おや。
　ヤ、ドッコイ、つかれた、つかれた、ナ。

山は月夜だ、野は夜露、
露でものんで、寝ようかな。
　アーア、アーア、あくびだ、ねむたいな、ナ。

創作の筆を断ったみすゞの心を一番なぐさめたのは、三歳になった愛娘の片言のおしゃべりでした。娘のことばの中に、みすゞは詩を見つけたのでしょう。『南京玉』と題した手帳に、娘のことばの一つ一つを、糸をつむぐように書き写していきました。
〝なんきんだまは、七色だ。一つ一つが愛らしい。尊いものではないけれど、それを糸につなぐのは、私にはたのしい。／この子の言葉もそのように、一つ一つが愛らしい、人にはなんでもないけれど、それを書いてゆくことは、私には、何ものにもかへがたい、たのしさだ。／南京玉には、白もあるし、黒もある。この子の言葉は、意味はなくとも、また「詩」なんぞはなおのこと、えんもゆかりもなくっても、ただ「創作」でさへあれば、残らず書いてゆく事だ。〃――で始まる『南京玉』には、三冊の童謡集の清書後の昭和四年（一九二九）十月下旬頃から昭和五年（一九三〇）二月九日まで、一時中断しながらも書き留め続けた、三百四十四の娘のことばが採集されています。

みすゞは童謡詩人金子みすゞから、愛児の母テルとして生きたのです。心を娘でいっぱいにして過ごす一日一日は、どんなに倖せであったでしょうか。

だが、夫との関係は更につらいものになっていきました。夫は遊郭遊びに日を過ごし、家をあけることも多くなりました。遊郭の病気淋病さえ、テルは夫から移されたのです。

心身共に傷ついたテルは、ついに夫との離婚を決意しました。昭和五年二月、離婚。離婚の条件はただ一つ、娘をテル自身が育てたいということでした。いったんは夫もこの条件を受け入れました。しかし、その後、気持ちをひるがえして、娘をかえせと何度も手紙でいってきました。

そして、ついに三月十日に娘を連れに行くといってきたのです。連れに来られたら、娘を夫に渡さなければなりませんでした。テルは戸籍上は、すでに母ではなかったからです。いまなら公に訴えて、娘を守ることもできたでしょう。だが、古い因襲がまだ色濃く残っている時代に、それは無理でした。

――私は娘を心の豊かな子に育てたい。あの人はそれはできないと思う。どうしよう。

連れに行くという手紙が、テルを追いつめ、ある決心をさせたのでした。

自らの命をかけた拒絶でした。

三月九日、テルは娘のために、最後の写真を撮りに写真館に行き、帰り道、母と娘のために桜もちを買って帰りました。

その晩、テルは三歳の娘と一緒に風呂に入り、たくさんの童謡を歌ったといいます。きっと歌い続けることで、悲しいことばが口からでるのをとどめたのでしょう。風呂から上がると、母ミチ、叔父松蔵、そして愛娘と四人で桜もちを食べ、いつもと変らず明るく過ごしたそうです。

夜、テルは三通の遺書をしたため、カルモチンを飲みました。枕元には遺書と写真の預け証がきちんと置かれてありました。

夫宛の遺書には「あなたがふうちゃんを連れて行きたければ、連れて行ってもいいでしょう。ただ私はふうちゃんを、心の豊かな子に育てたいのです。だから、母が私を育ててくれたように、ふうちゃんを母に育ててほしいのです。どうしてもというのなら、それはしかたないけれど、あなたがふうちゃんに与えられるのはお金であって、心の糧ではありません」

母ミチ宛てには、先立つ不幸を許して下さいということばと共に、あとに残す娘のことを頼み、「今夜の月のように私の心も静かです」と書いてありました。

昭和五年三月十日、金子みすゞ、本名テルは下関市西南部町五十番地（いまの下関市南部町七―十五）にあった上山文英堂書店の二階で、この世を去りました。享年満二十六の若さでした。

ハルキ文庫版によせて

金子みすゞの最初の全集がＪＵＬＡ出版局から出版されたのは、昭和五十九年（一九八四）、みすゞが亡くなってから五十四年目のことでした。現行の著作権法では、死後五十年を経過すると、著作権者の権利は失効することになっています。ですから、出版の時点で、権利は失なわれていると考えることもできます。

しかし、この著作権法には、亡後五十年を経て、一人の著作物がこれほどの甦りをするということは考慮に入っていません。又、みすゞの遺した五百十二編のうち、五分の四以上が未発表のものでした。さらに、この五十年間の間、著作権継承者である遺族は、一度もその権利の恩恵を受けてこなかったのです。

そこで、全集を出版する際、ＪＵＬＡ出版局と相談をし、金子みすゞの著作物に関しては、著作権法の考慮外の特別なケースとして、遺族の著作権を認め、守ることにしたのです。ＪＵＬＡ出版局内に『金子みすゞ著作保存会』をつくり、ＪＵＬＡ出版局の金子みすゞの著作物には遺族に一定の印税を支払うこととし、著作物の保護をしてきました。

以後、今日まで多くの出版社がこの趣旨に共感賛同され、作品を出版物に転載するにあたっては、著作権を守ってきてくださったことは出版人の良心を強く感じました。

又、平成八年（一九九六）十一月三日付の朝日新聞声欄に、作家の内田康夫氏が「没後発掘作品著作権見直せ」と題する一文を寄せてくださったことは、大いなる励みとなりました。

今回、角川春樹事務所から金子みすゞ著作保存会に、著作権及びＪＵＬＡ出版局の出版権を認め、文庫版として出版したいという要望があり、出版することになりました。これは、市販の単行本としては、ＪＵＬＡ出版局の出版物以来、初めてのことです。（これまでには、副読本として教育出版と明治図書の二社から直販の選集と私の著作物が出版されているだけでした）

金子みすゞの作品は、私たちが初めて手に入れた三世代が共有できる文学宇宙です。

できることなら、小学生にも読めるかたちで文庫版化して欲しいという願いを快く受け、このようなかたちでの文庫版化をしてくださった、角川春樹氏に心より感謝申し上げます。

みすゞさんの遺族が倖せでないかぎり、みすゞさんは倖せではないと守り続けてきたことが、今日までたくさんの出版社やみなさんによって支えられてきました。ハルキ文庫の出版を機に、これからも大切に守っていきたいと思います。

このハルキ文庫を出版するにあたって、金子みすゞ著作保存会は、かわいい魚のマークをつくりました。以後、このマークのついた出版物だけが保存会の協力を得た出版物ということになります。

（童謡詩人・童話作家）

エッセイ

広大無辺な宇宙の絵巻

佐治晴夫

一枚の紙の中に雲や太陽が見えますか。紙の原料はパルプ、樹木です。樹木は水によって育ちますが、その水は雨がもたらし、雨を降らせるのは雲であり、その雲をつくるのは太陽です。そこで、一枚の紙の中に、太陽や雲の気配を感じ、雨や風の音を聴くなどというといかにも詩人の視点であるかのように思われるかもしれませんが、これは科学によってもたらされる事実であり、このことに気づくまなざしは科学のセンスでもあるのです。言葉を変えれば、すべての存在は目には見えないほかのものたちとのかかわりの中でできているということです。

今世紀が生んだ最大級の天才童謡詩人、金子みすゞさんは、やさしい詩のかたちをとおして宇宙の根源的様相を見事に表現しているという意味において、詩人の心と科学の目を併せ持った希有な天才であったといえます。

ところで、現代宇宙論によれば、私たちの宇宙は今からおよそ百数十億年くらい前の遠い昔、量子論的な意味での無としかいいようのないところから、突如、限りなく熱くまばゆい一粒の光としてまるで爆発するかのような勢いで誕生したと考えられています。「ビッグ・バン宇宙論」です。この火の玉のような宇宙は急速に膨張しながら次第に温度を下げ、光のしずくは宇宙の霧となって星になりました。そして星は光り輝くプロセスで私たち人間をはじめとして、そのほかのすべてのものたちを創るための材料を造りますが、燃やすものがなくなってみずからの体重を支える力を失った時、大爆発という形でこっぱみじんになり、宇宙空間にそれらの材料をまきちらします。超新星爆発です。私たちもそこから生まれたわけですから、あなたも私もすべて星のかけらであり、星の死によって生まれたということになります。

一方、限りなく膨張を続ける宇宙はやがて光の淡い霧となってふたたび無にもどる可能性が強くなってきました。つまり、私たちは無から出て無に戻るという広大無辺な宇宙の一大絵巻を飾る〝たまゆらの一瞬〟を生きているという存在です。しかも、すべては根源において同じであり、たがいにかかわりあいながら存在しています。生命も宇宙のなかに遍在している物質の存在様式の一つだということです。

じつは、みすゞさんの詩の中に流れているものは〝持続するものとしての命〟ということへのやさしいまなざしであり、すべては他とのかかわりにおいて存在していることを忘れてはならないという想いであふれています。

考えてみれば、宇宙の中にはおよそ一〇の八〇乗個、つまり一〇を八〇回かけ合わせたくらいの数の基本粒子があって、それらのまとまり方によってすべてのものができています。ちなみにそれらの粒子のうち、一〇の二八乗個、つまり一〇を二八回かけたくらいの数の粒子が集って〝あなた〟になり、同じ数の粒子が別のまとまり方をすることによって〝私〟になりました。これは宗教や哲学の視点ではなく、あくまでも科学の視点です。しかしこれこそ〝みんなちがってみんないい〟というみすゞさんの視点です。

さて、あなたは〝真昼の星〟を見たことがありますか。どこまでもやさしい青一色にぬりつぶされた大空のキャンバス、天文台のドームを開けて望遠鏡でのぞくと、するどい針でつついたように輝く白銀色の一点、あるいは金色に燃え立つ線香花火のように、〝真昼の星〟が見えます。初めて見た人のすべてが、その非日常的、非現実的な光景に息をのみ絶句します。なぜでしょうか。おそらく人は昼間でも星はあるということを十分承知していながら、その事実を忘れているからでしょう。人は実際に見えるもの、聞こえるものしか信じようとしません。しかし、人の五感が検知できる領域はとてもせまいのです。私たちはX線を見ることはできません。こうもりの歌声を聞くこともできません。しかし、科学はそれを可能にしてくれます。望遠鏡で〝真昼の星〟が見えるのは、望遠鏡のレンズの直径が私たちのひとみの直径よりも大きいので、たくさんの光を集めることができるからです。

私たちはどんなに目をこらして見ても、耳をそばだててみても、人の苦しみや悲しみをそのまま経験し、見ることはできません。その人の表情やしぐさから想像することができるだけです。したがって、人の悲しみや痛みをそのまま理解することはできないという自覚が〝やさしさ〟の原点であるといってもいいのではないでしょうか。〝やさしさ〟とは、物理的に知覚できることがらの裏にかくされている真実を単なる幻想としてではなく、きちんとした論理に裏打ちされた想像力で正しく理解していくという感性だと思います。金子みすゞさんの〝やさしさ〟はまさにそこにあります。やさしい日常の言葉を論理の糸でさりげなく紡いでいく豊かな想像力！　それは感性豊かな詩人のまなざしであると同時に、ものごとを冷静に見抜いていく科学者の目でもあります。言葉を変えれば、私たちがふつう気づかない〝すきま〟から宇宙のすべてを見通す感性をもち、しかもみずみずしい直観力と美しい論理で彩られた限りなくやさしい世界、それが、〝みすゞコスモス〟の魅力です。

（宇宙物理学者）

年譜・参考文献

金子みすゞ　年譜

一九〇三（明治三十六）年

4月11日、山口県大津郡仙崎村七百九十番屋敷にて、父金子庄之助、母ミチの長女として生まれる。本名テル。二歳年上の兄堅助がいた。

一九〇五（明治三十八）年●二歳

2月23日、弟正祐生まれる。父庄之助、母ミチの妹フジの嫁ぎ先である上山文英堂書店の清国営口支店の支店長として清国に渡る。

幼少のみすゞ、兄の堅助と

一九〇六（明治三十九）年●三歳

2月10日、庄之助、清国営口にて死去。遺族は、仙崎にて金子文英堂を営む。

一九〇七（明治四十）年●四歳

1月19日、正祐、下関の上山文英堂書店店主上山松蔵の養子となる。

一九〇八（明治四十一）年●五歳

4月1日、堅助、瀬戸崎尋常小学校入学。

一九一〇（明治四十三）年●七歳
2月28日、仙崎村七百九十番屋敷から八百六十一番屋敷に本籍変更。4月1日、テル、南祇園に新築された瀬戸崎尋常小学校に入学。

一九一四（大正三）年●十一歳
3月20日、堅助、瀬戸崎尋常小学校卒業。以後、家業の書店を手伝う。

一九一六（大正五）年●十三歳
3月20日、テル、瀬戸崎尋常小学校卒業。4月11日、郡立大津高等女学校入学。5月「ミサヲ」第3号に《ゆき》発表。

一九一七（大正六）年●十四歳
5月「ミサヲ」第4号に《我が家の庭》発表。親友田辺豊々代退学。

一九一八（大正七）年●十五歳
5月「ミサヲ」第5号に《さみだれ》発表。この年、米騒動とスペイン風邪流行。11月8日、叔母フジ、金子家で死去。

一九一九（大正八）年●十六歳
5月「ミサヲ」第6号に《社会見学の記》発表。8月26日、母ミチ、上山松蔵と再婚。金子家は祖母ウメ、堅助、テルの三人となる。

一九二〇（大正九）年●十七歳
3月26日、大津高等女学校卒業。以後、大正12年までの三年間、正祐がしばしば来仙。堅助、テル、正祐の文芸サロン続く。

一九二一（大正十）年●十八歳
8月、上山松蔵倒れる。テル、九州大学付属病院に約一ヵ月半付き添う。9月11日、正祐、作曲を始める。テル、《片恋》作曲を頼む。

一九二二（大正十一）年●十九歳

11月3日、堅助、大島チウサと結婚。

一九二三（大正十二）年●二十歳

4月14日、テル、下関の上山文英堂書店に移り住む。この直前、手づくりの小唄集『こはれたぴあの』を田辺豊々代に贈っている。5月3日、下関市黒川写真館にて写真撮影。この後間もなく、西之端町商品館内の上山文英堂支店で働き始める。5月23日、弟正祐上京。この頃からペンネーム「みすゞ」で童謡を書き、6月に入って雑誌に投稿を始める。雑誌「童話」9月号に《お魚》《打出の小槌》、「婦人倶楽部」9月号に《芝居小屋》、「婦人画報」9月号に《おとむらひ》、「金の星」9月号に《八百屋のお鳩》を発表。以後昭和4年までに九十編を発表する。「童話」誌上で西條八十に認められ、若き投稿詩人たちの憧れの星となる。10月4日、正祐帰関。

一九二四（大正十三）年●二十一歳

4月号の「赤い鳥」に、正祐の作曲《てんと虫》推奨。4月18日、西條八十渡仏。7月6日、テル、帰仙。8月15日、結婚した豊々代と車中を共にし、下関に戻る。

一九二五（大正十四）年●二十二歳

3月、上山文英堂に宮本氏勤める。5月18日、正祐に徴兵検査の通知あり、松蔵養父とわかる。この年、童話詩人会発足。佐藤義美、島田忠夫、渡辺増三等の「曼珠沙華」に参加。自選詩集『琅玕集』を始める。7月21日、豊々代死去。この年の後半、テルに結婚の話がでる。12月3日、テル帰仙。

一九二六（大正十五・昭和元）年●二十三歳

1月6日、正祐、テルと宮本氏との結婚の話を聞く。正祐建白書をだす。2月1日、正祐訪仙。翌2日、三上山の麓で正祐涙の談判。この頃すでに第一童謡集『美しい町』、第二童謡集『空のかあさま』完成。2月17日、宮本氏と結婚。上山文英堂の二階で新婚生活を始める。3月、西條八十帰国。4月号の「童話」に《露》特別募集第一席になる。7月号を以て「童話」廃刊。4月2日、正祐家出。11日、テル夫婦と共に帰関。この事件が引き金になって、松蔵と夫の関係悪化。一席離婚の話がでる。テルと夫は文英堂を出て、下関市大字関後地村一七二四に新居を移す。7月、童謡詩人会編『日本童謡集』に《お魚》と《大漁》掲載。11月14日、ふさえ誕生。下関市上新地町二三七九に移る。

一九二七（昭和二）年●二十四歳

夏、下関駅で西條八十に会う。八十編『日本童謡集・上級用』に《お魚》が載る。8月12日、祖母ウメ死去。10月、熊本市にある夫の実家へいく。11月14日、熊本から戻って高橋家に泊まる。上新地町二三七九にて宮本食料玩具店を始める。屋号、辰巳屋。この後、テル発病。

一九二八（昭和三）年●二十五歳

3月、島田忠夫商品館を訪ねるも、上新地の自宅に病臥していて会えず。7月、正祐上京。就職後押しの手紙を古川緑波に送る。正祐「映画時代」編集部に就職決定。11月号の「燭台」に《日の光》を発表。この前後に、夫より創作と手紙を書くことを禁じられる。

一九二九（昭和四）年●二十六歳

春、下関市上新地町一一九に移る。この年の夏から秋にかけて、三冊の遺稿集清書（一組は西條八十に、もう一組は正祐に託す）。夏、四回目の引っ越し、下関市上新地町二四四九。この後病の床に伏している。9月26日付の葉書に〈朝雑布がけをすこししたら、また五日やすみました〉とある。秋、遺稿集の清書終わる。10月より、ふさえの言葉を採集する『南京玉』を始める。

一九三〇（昭和五）年●二十六歳
2月、下関市観音崎町三百目九四―二に別居。2月9日、『南京玉』止む。2月27日、正式離婚。上山文英堂に移る。3月9日、下関市亀山八幡宮隣り三好写真館にて、最後の写真を写す。3月10日、上山文英堂内で死去。享年満26歳。

一九五四（昭和二十九）年
12月、「日本幼年童話全集七・童謡篇」（選巽聖歌、河出書房）

一九五七（昭和三十二）年
12月、「日本童謡集」（選与田準一、岩波書店）刊行、金子みすゞの「大漁」が載る。

一九六九（昭和四十四）年
5月、「どうよう・大正昭和初期、名作二十四人選」（選佐藤義美、チャイルド本社）

一九七〇（昭和四十五）年
9月、「繭と墓」（選檀上春清、季節の窓詩舎）

一九八二（昭和五十七）年
6月4日、下関にいたみすゞの従弟、花井正氏からみすゞの実弟、上山雅輔（本名正祐）氏の連絡先が判り、6月20日、東京西荻窪にある劇団若草に上山雅輔氏を訪ね、三冊の手書の童謡集や写真その他を矢崎節夫が託される。この年「児童文芸・秋季臨時増刊号」に、三冊の遺稿集と写真について矢崎が書く。

一九八四（昭和五十九）年
2月、『金子みすゞ全集』（全3巻・別巻思ひでの記・JULA出版局）刊行。3月、長門市赤崎山に「露」の碑建立。8月、新装版『金子みすゞ全集』（全三巻・別巻みすゞノート・JULA出版局）刊行。金子みすゞ童謡集『わたしと小鳥とすずと』（選矢崎節夫・JULA出版局）刊行。

一九八五（昭和六十）年

10月、金子みすゞ童謡絵本『ほしとたんぽぽ』（絵上野紀子・JULA出版局）刊行。

一九八六（昭和六十一）年

8月、みすゞのふるさと、山口県長門市に金子みすゞ顕彰会設立。

一九八七（昭和六十二）年

3月、長門市仙崎の王子山に「王子山」の碑建立。

一九八九（昭和六十四・平成元）年

3月、母校仙崎小学校に「わたしと小鳥とすずと」の碑建立。

一九九一（平成三）年

みすゞ

5月、青海島観光基地にみすゞの胸像と「大漁」の碑建立。9月、大津高等学校に「積った雪」の碑建立。

一九九二（平成四）年

10月、長門市ウェーブ内に、金子みすゞ記念館が顕彰会によって開館される。ここで遺稿集、写真、着物など、みすゞに関するものを公開することになっている。

一九九四（平成六）年

9月、みすゞ公園、仙崎白潟につくられる。

「丘の上で」「あとおし」「波の橋立」「さくらの木」「お日さん、雨さん」「わたしと小鳥とすずと」等の碑建立。10月、仙崎弁天島に「弁天島」の碑建立。

一九九五（平成七）年

3月、金子みすゞ童謡集『明るいほうへ』（選矢崎節夫、JULA出版局）刊行。10月、英訳付絵本『睫毛の虹』（絵英訳よしだみどり、JULA出版局）刊行。10月、仙崎駅にみすゞの案内所、みすゞ館開館。11月、金子みすゞ南京玉より『ふうちゃんの詩』（絵上野紀子、JULA出版局）刊行。

一九九七（平成九）年

1月、仙崎駅に「星とたんぽぽ」の碑建立。
3月、長門高等学校に「空の鯉」、下関カラトピアに「日の光」、今治市立別宮小学校に「わたしと小鳥とすずと」の碑建立。

一九九八（平成十）年

金子みすゞ童謡集『このみちをゆこうよ』（選矢崎節夫、JULA出版局）刊行。

（作製・矢崎節夫）

金子みすゞ　参考文献

＊「児童文芸・秋季増刊号」（昭和57年9月）「金子みすゞ――見つかった三冊の遺稿集と写真」（矢崎節夫）
＊『金子みすゞ童謡集』（ＪＵＬＡ出版局・選矢崎節夫・昭和59年）
＊『金子みすゞ全集』（ＪＵＬＡ出版局・選矢崎節夫・昭和59年）
＊「日本児童文学・特集金子みすゞ」（昭和64年9月）関英雄・浜野卓也らの論考。
＊『童謡詩人金子みすゞの生涯』（平成5年2月）著矢崎節夫、ＪＵＬＡ出版局
＊『ゆらぎの不思議な物語』（平成6年2月）著佐治晴夫、ＰＨＰ研究所
＊『感性の人金子みすゞの詩の授業化』（著大越和孝、明治図書）
＊『金子みすゞの詩を生きる』（著酒井大岳、ＪＵＬＡ出版局）
＊「詩とメルヘン・西條八十と金子みすゞ」（平成8年3月）
＊「小学国語5下」（平成8年）みすゞさがしの旅――みんなちがって、みんないい――文矢崎節夫・教育出版
＊「アサヒグラフ――童謡詩人金子みすゞ・幻想空間の旅」（平成8年6月）撮影瀬戸正人、文筏丸けいこ、朝日新聞社
＊『みすゞコスモス――わが内なる宇宙』（平成8年12月）著矢崎節夫、ＪＵＬＡ出版局
＊『金子みすゞの詩の単元化』（平成9年5月）著大越和孝、明治図書

＊「音とエッセイで旅する金子みすゞの世界」監修矢崎節夫、作曲演奏西村直記、エッセイ増田れい子、佐治晴夫、岸田今日子、龍村仁他、ＪＵＬＡ出版局

（作製・矢崎節夫）

編注

＊本書は、『新装版・金子みすゞ全集』（ＪＵＬＡ出版局・一九八四年）を底本とした。「全集」の表記では旧仮名遣いであるが、本書では、新仮名遣いに改めた。また、ルビに関しては、若干加えている。

＊写真はＪＵＬＡ出版局から借用した。

＊一二五頁から一三二頁は、イラストによるデザインの頁です。

金子みすゞ童謡集 (新装版)

著者 金子みすゞ

1998年3月18日第一刷発行
2021年12月18日新装改訂版 第四刷発行

発行者 角川春樹

発行所 株式会社角川春樹事務所
〒102-0074 東京都千代田区九段南2-1-30 イタリア文化会館

電話 03(3263)5247(編集)
03(3263)5881(営業)

印刷・製本 中央精版印刷株式会社

フォーマット・デザイン 芦澤泰偉
表紙イラストレーション 門坂 流

ISBN978-4-7584-4245-9 C0192 ©2019 Printed in Japan
http://www.kadokawaharuki.co.jp/[営業]
fanmail@kadokawaharuki.co.jp[編集] ご意見・ご感想をお寄せください。

金子みすゞ
著作保存会

谷川俊太郎詩集

人はどこから来て、どこに行くのか。この世界に生きることの不思議を、古びることのない比類なき言葉と、曇りなき眼差しで捉え、生と死、男と女、愛と憎しみ、幼児から老年までの心の位相を、読む者一人一人の胸深くに届かせる。初めて発表した詩、時代の詩、言葉遊びの詩、近作の未刊詩篇など、五十冊余の詩集からその精華を選んだ、五十年にわたる詩人・谷川俊太郎のエッセンス。

宮沢賢治詩集
（新装版）

〈四月の気層のひかりの底を／唾し　はぎしりゆききする／おれはひとりの修羅なのだ〉（「春と修羅」）。博愛と孤独なデカダンの振幅を生き、文学・科学・宗教・風土の重層する活動と、独自の生命観から、言葉とイメージの射程をもっとも遠い無限の宇宙まで解き放った詩人・宮沢賢治。生前唯一の刊行詩集『春と修羅』を巻頭に、短歌、詩ノート、初期の寓話的短篇までを編纂した詩的精華。

石垣りん詩集

戦後の時間の中で、家族と会社と社会とに、ひるむことなく向き合い、自らを律して生きてきた詩人・石垣りん。『私の前にある鍋とお釜と燃える火と』から『やさしい言葉』まで、小さきもの弱き者らへの慈しみや孤独な心情を観念や叙情の中に鮮やかに解き放った全四冊の詩集から代表詩を選び、女性の生き方に自由と活気と自立をもたらした言葉の歴史を、各時代ごとに提示する。